PIERRE CHAUVRIS

OUTRENOIR

ROMAN

L'auteur n'est pas le mieux placé
pour les corrections. Aussi demande-t-il
au lecteur à l'œil sagace un peu d'indulgence.

© Pierre CHAUVRIS, 2021
ISBN : 978-2-322-40122-2

La ténèbre.
Page noire.
Noir écran.

Un noir profond et chaud. Noir absolu et illimité. Noir le plus noir qui absorbait la lumière et toutes les couleurs. Noir de l'interne, où résonnaient des sonorités obscures mettant en mouvement un dispositif orchestral alternant le crescendo et le glissando. Par palier, des trilles et des accords d'instruments de musique à vent s'inséraient entre des intervalles de sept coups de fouet chacun. En arrière-plan vibrait une longue cascade de pizzicati, sons pétillants obtenus par des cordes pincées. Une énergie sombre, d'origine inconnue, accélérait l'expansion couleur de nuit profonde, noir-lumière soumis à des forces impétueuses. Noir mat sans éclat et lisse, percé d'images enténébrées suffocantes, humides et froides comme la lame d'une arme blanche subliminale brûlant par le manche à la surface illimitée d'un océan outrenoir tourmenté. Peu à peu, très lentement, une poussée arrière, qu'accompagnait une nouvelle cascade sonore de pizzicati, permettait de découvrir progressivement une pièce aveugle aux murs doublés de velours noir, avec plafond et sol en béton saturnien teinté dans la masse.

Au premier plan dominait un appareil photographique fixé sur la tête à rotule d'un tripode en acier chromé. En second plan, parmi un décor de voilages tourmentés, se dressaient sur leurs trépieds un parapluie blanc et des projecteurs allumés. Aux murs, doublés de velours noir, étaient accrochées d'étranges images brutes, dont la teinte fuligineuse fascinait des corps féminins nus entrelacés dans le rayonnement austère de la chair masculine. Sur la pupille globulaire d'un œil grand ouvert et dilaté par l'effroi se reflétait l'état de nudité d'une femme de chair et d'os qui se mussait dans le noir ruminant du studio de prises de vues. Cette femme – objet de pulsion – était dotée d'un physique *ob-scène* saisissant : grande, aisselles comme pénil – delta plein et galbé – couverts de poils, vulve fusinée d'amaurose noire, taille bien prise et bien marquée, longues jambes fuselées, croupe sphérique aux fesses symétriques, hanches larges et lourdes, seins piriformes, mains longues et osseuses, beau visage harmonieux et tonique. Ce corps puissant, rude, exhalait une sombre odeur fauve. D'un mouvement de tête altier et souple, la femme jeta en arrière sa longue chevelure d'un beau noir nocturne ; puis elle sortit doucement de la nuit profonde qui la mettait *en situation de ténèbres*. Le nombril à appendice saillant spiraliforme perçait le ventre légèrement arrondi et obnubilé, petit à petit, par la lumière intrinsèque et invisible du noir. Les sept coups de fouet sur fond de cordes pincées diminuaient en intensité sonore.

Au sein d'un silence profond, absolu, de mort, après avoir enfilé un *Western-String* ourlé de rouge sang, la femme se glissa avec grâce dans le froufrou d'une longue robe bustier couleur de lune, qu'elle serra ensuite à sa taille d'une étoffe de soie noire. Un miroir, bordé d'ampoules électriques d'un bel éclat stellaire blanchâtre, appuyé contre un mur doublé de velours noir et posé sur une paillasse au vernis zébré de coups de canif, reflétait peu à peu son visage clair-obscur aux traits fins. Elle avait de beaux yeux sombres. Elle se les maquillait, avec un soin perfectionniste presque enfantin, en écoutant les paroles inspirées du photographe d'art qui se tenait debout derrière elle. Il avait un visage rond aux joues râpeuses, avec des favoris devant chaque oreille. Un visage type dilaté, d'expansion instinctive. Quelques mèches bouclées de sa chevelure brune et épaisse ornaient son front bas et descendaient sur sa nuque velue. Il portait une chemise claire à carreaux – des lunettes strictes à monture rectangulaire noire étaient glissées dans la poche poitrine – et un pantalon gris de fumée en velours côtelé.

Avec de grands gestes, le regard *de prédation instantanée du visible* sur la nudité de la ligne de vertèbres, laquelle remontait sensiblement de dessous le tissu pailleté du bustier de la robe vers la nuque duveteuse, le photographe d'art expliquait à son modèle que bien voir les choses, cela ne suffisait pas. Cela ne servait à rien. Il lui disait que l'on se devait de faire procès à ce que l'on voyait. Que l'on devait aller derrière l'évidence, briser l'illusion-réaliste, déchirer le voile d'images trompeuses de la vue d'ensemble sur les choses et s'occuper uniquement de l'illusion-surréaliste. Quel qu'en fût le prix. Il souhaitait que les gens, en regardant ses photographies, fussent contraints à la réflexion. Il voulait créer une sorte de reflet de la réalité du monde, un contre-monde pornologique, dont le corps féminin serait par essence le vecteur…

La femme se retourna soudain, leva des yeux charbonneux chatoyants sur le photographe d'art qui lui parlait comme sans la voir. Elle lui demanda si ce maquillage traversé du noir lui convenait. Stoppé dans son élan verbal sophistique, il s'avança vers elle. Des voyelles liquides, des voyelles sombres et mortes continuaient de s'échapper de la petite bouche charnue du photographe, tandis que ses yeux fiévreux se focalisaient sans ciller sur les lèvres fardées de son modèle qu'il dominait de sa hauteur. Quelque chose le gênait. Il désirait un autre rouge à lèvres, plus foncé – beaucoup plus rouge sang. Il décida d'aller en chercher un dans les réserves des maquilleuses – avec lesquelles il ne cessait de confondre alcool avec talent. Il s'éloigna dans le noir velours, s'éclipsant derrière une tenture d'inspiration amérindienne.

La femme pivota sur ses hauts talons noirs – avec lesquels, en particulier toute nue, elle pensait se rapprocher de l'homme. Face au miroir luminescent, l'œil en dessous, elle regardait son image spéculaire. Un sourire fripon effleura ses lèvres. Son beau buste décolleté – la tête haute, les épaules rondes, la petite poitrine épanouie enceinte dans le corsage plissé et pailleté de la robe – embrassait l'espace au-delà du mur doublé de velours noir derrière elle, et sur lequel était accrochée une étrange image passée au noir mettant en scène cette concrétude du sexuel comme fondement de nos actions dans le monde. Elle attacha derrière sa nuque gracile le fermoir d'un collier ras-de-cou en cristal de roche, deux fines rangées faites ensemble de minuscules pierres étincelantes. Puis elle pinça et tira tour à tour sur chaque lobe percé de ses oreilles afin d'y introduire la pointe de métal d'un pendant tout en petites billes de cristal, le modelé plutôt rude rehaussé grâce à des reflets miroitants, et ensuite faire pénétrer du bout de ses longs doigts à ongles bleu nuit le fermoir arrière dans l'ardillon. En se regardant dans le miroir au cadre nitescent, elle n'avait pas conscience que sa physionomie prenait bien la lumière – comme elle ne savait pas pourquoi elle était venue ici se faire prendre en photo.

Bellement pensive, longue silhouette déliée, mèches ondoyantes contournées en accroche-cœur tout autour d'un chignon vaporeux, la femme s'avançait doucement vers l'appareil photographique. Elle fixait ses yeux agrandis sur cet objet sans vie qui portait encore la trace de son origine partiellement libidinale et qui se dressait sur un tripode d'acier chromé. Elle s'approchait avec lenteur de l'appareil, le pas félin glissant sur les pizzicati qui resurgissaient du silence, joués en cascade sur un arrière-fond cyclique de sept coups de fouet. Elle s'avançait de manière droite, neutre, les épaules en arrière. Les oppositions d'ombre et de lumière lui sculptaient, avec une précision clinique, un visage crépusculaire. Les flancs de ses hanches se plissaient comme des impressions à griffures d'ongles. Elle s'arrêta auprès de l'appareil. Chaque coup de fouet résonnait dans la mémoire oubliée d'une gifle. Pincements de cordes qui fulguraient tout autour de son long corps au visage rude. Elle regardait, œil nu, le décor de voilages tourmentés, scénographie traversée du noir le plus noir, noir au-delà de toute limite. Puis elle regarda le décor par le biais de l'appareil photographique. Son œil contre l'oculaire ne cillait plus. Image en noir écran. La femme se redressa pour revoir le décor œil nu. La cascade de pizzicati semblait donner vie à quelque chose de surnaturel qui s'écoulait du noir velours des murs et qui hantait peu à peu le studio. La femme ramena son regard limpide et hardi vers le viseur. Mais, à peine y était-elle parvenue qu'elle eut un brusque mouvement de recul. Sur le qui-vive, le sourcil froncé, elle attendit un instant ; puis elle replaça prudemment son œil à l'oculaire. C'était plus fort qu'elle. Une pulsion irrésistible. La violence du vouloir voir. Elle cligna de l'œil. Dans le viseur, *rien* qu'une béance d'une profondeur de noir écran, où résonnait le ressac d'inquiétants coups de fouet. Clac ! Clac ! Comme si elle venait de recevoir une piqûre d'aiguille dans l'œil, la femme rejeta en arrière son visage épouvanté et se redressa brusquement, tout affolée par ce qu'elle avait vu dans le viseur, mais qui ne se retrouvait pas devant elle, dans la réalité statique du décor de voilages tourmentés. Ne pouvant dominer une poussée impérieuse au niveau de sa poitrine, pareille à la pression d'une main invisible, lentement, elle s'éloignait à reculons de l'appareil photographique, qu'elle fixait avec effroi, telle une bête féroce obscure qu'elle voulait tenir à distance afin d'éviter la prédation à mort. Les pizzicati successifs se répercutaient contre les murs aveugles doublés de velours noir. Chaque corde pincée soulignait l'angoisse de la femme, scandait sa difficulté à respirer, à mettre un pied derrière l'autre, accompagnant ainsi sa marche à rebours, la poussant malgré elle, jusqu'à ce qu'elle fût bloquée par un mur, au-delà du noir duquel se trouvaient des images de la ténèbre, où le sexe sans la mort ce n'était pas tout à fait le sexe.

Plaquée dans l'ombre du mur par une puissance invisible à laquelle elle ne pouvait résister, la femme sentait le studio vaciller dangereusement. Peur d'un effondrement. Elle laissait libre cours à sa terreur, le regard sombre tout dilaté d'effroi braqué sur l'appareil photographique. Celui-ci, avec son gros boîtier caractérisé par une surface lisse d'un noir mat, d'aspect métallique froid, ressemblait à une chose ancestrale renvoyant au grand noir au-dedans de nous. Toute l'ardeur contenue de la femme s'extravasait sans retour dans le noir obscur du studio de prises de vues. Ce qu'elle voyait autour d'elle était empreint d'un profond déséquilibre, d'un retour terrible et cruel vers le pulsionnel, d'un abominable potentiel malfaisant pouvant passer à l'acte, et duquel le photographe d'art jaillissait en montrant les dents, contracture spécifique de ce qu'il n'avait pas abréagi. Ses yeux, qui scintillaient comme la lame d'une arme blanche, passaient à travers la femme sans la voir. La voix virile chassait les cascades de cordes vibrantes. Et dans le silence retrouvé du studio, il criait qu'il n'avait pu mettre la main sur ce qu'il cherchait. Un vrai bordel là-dedans ! N'ayant aucune résistance à la frustration, il déplaçait sa colère sur le manque de sens pratique de ses maquilleuses, par instinctive convenance pour son modèle – ou par calcul. Il accrocha nerveusement autour de son cou un appareil photographique. Puis il alla vers celui fixé sur le tripode en acier chromé. Par la parole, il transférait petit à petit son humeur maligne sur son modèle, lui ordonnant sèchement d'aller s'installer dans le décor de voilages tourmentés. Une espèce de présence délétère rôdait auprès de la femme et du photographe d'art, tournait autour d'eux, accompagnait leurs mouvements et leurs déplacements comme un traveling subjectif sur les ailes d'un désir défoulé.

S'avançant malgré elle – elle ne se possédait plus –, la femme commençait à exécuter pas à pas ce que l'on exigeait d'elle – on exige toujours quelque chose d'un modèle, cette sorte d'échantillon expérimental résultat d'une sélection au *faciès* naturelle –, ce qui transmua dès lors cet invisible courant délétère, qui rôdait sans inhibition auprès d'elle, en une énergie sombre de nature inconnue qui se mit très vite à envahir le studio en gardant le photographe et la femme chevillés dans sa ligne de mire. Puis, cette énergie invisible se déroba lentement du photographe et se glissa hardiment vers la femme stupéfiée, jusqu'à la *serrer* au niveau de la poitrine. Respiration costale supérieure oppressée par la peur. S'efforçant néanmoins de parler, la femme n'émettait aucun son. Ses beaux yeux sombres devenaient hagards, fixes ; les pupilles se dilataient. Une composante pulsionnelle entrait dans la nature de son visage dur empreint de panique. La gorge angoissée, la pensée tétanisée, la femme fixait d'au-delà de l'effroi le photographe qui installait une pellicule *ecto-chrome* dans l'appareil. La femme voulait parler. Mais la parole l'avait soudain quittée. La femme avait perdu le langage. Dans un état second, elle n'entendait plus que l'écho agressif de ce que le photographe lui criait de faire – posture, position, pose plastique. Ayant terminé d'approvisionner l'appareil avec nervosité, il l'arma et ajusta ensuite le temps de pose. L'œil dilaté à l'oculaire, il lançait ses ordres en faisant la mise au point. Dans le viseur, il prenait bien soin de désaxer la femme – le *faire-image* – par rapport au repère cruciforme. Puis il se redressa, et alla vers cette femme toute sur le qui-vive. Il plaça son posemètre auprès du visage d'icelle afin de mesurer l'intensité de la lumière. Prise au cœur d'un désajustement du temps, la femme apeurée avait levé des yeux interdits vers le photographe. Celui-ci ne voyait pas l'imploration muette dans les beaux yeux sombres de son modèle. Il ne voyait pas la beauté intrinsèque de la nudité sanglante de ses lèvres. Il ne voyait pas la belle carnation de son cou avenant. Il ne voyait en cette femme la seule parcelle de monde à sa portée qu'il pouvait se payer cash par la grâce de la photographie. Elle n'était pour lui qu'une condensation, une cristallisation, voire une conversion hystérique qu'il fantasmait parfaitement vierge de toute influence humaine. Une chose qui toucherait les gens, mais que les gens ne pourraient toucher.

Le posemètre avait capté le rayonnement lumineux du visage de la femme comme un œil humain. Le photographe retourna vers l'appareil. Il y afficha la valeur du diaphragme au regard du temps de pose. Courbé en avant sur ses jambes fléchies, arc-bouté sur le manque, il commença à prendre – le verbe dans son sens plein – des photographies, vociférant des ordres à son modèle. Bouge ! Encore ! Comme ça ! Tout faire pour donner l'envie au photographe d'art de *shooter*. Tout faire pour lui donner cette envie. Tout lui donner. Les flashs durs et crus du parapluie jaculatoire se sublimaient dans le livide au rythme des rafales de l'appareil qui polarisait tout le regard clinique du photographe. L'obturateur cliquetait, battait son rythme incantatoire. Clac ! Clac ! Clac ! Déclics obsédants. Chaque flux lumineux, porteur de l'image du modèle, entrait dans l'obscurité des ténèbres de la chambre noire de l'appareil, où le caractère de revenance de l'esthétique sexuelle se sublimait dans le négatif, silhouette luminescente prise dans la violence du voir, *disjecta membra* qui déliraient le réel sur l'arrière-fond sonore de coups de fouet s'éreintant au-delà du noir parmi des cordes pincées en cascade, cordes vibrantes dont les harmoniques – les différents modes de vibration – articulaient une sinistre force invisible.

Le photographe d'art serrait les dents. Jusqu'à la douleur maxillaire. Sombre visage féroce au sens caché. Bruxisme concomitant d'une hyperactivité de rétentions, de sélections et de protentions. Il savait qu'il était un bon chasseur d'images, un des meilleurs. La face simiesque rouge d'excitation, il encourageait son modèle, lui lançant des ordres, des indications de postures, d'attitudes, même si ce que le modèle exécutait pour lui n'était pas ce à quoi il s'attendait. Cela dépassait même toutes ses espérances. C'était génial ! *Chorea lasciva !* Une valse des fantasmes de désir ! Plein la vue ! Un génie psychotique à l'œuvre au noir se déployait, se déplaçait et se condensait dans le viseur, champ optique au repère réticulé comme une référence théologique à la vénération de la douleur pour obtenir l'amour d'une puissance inquisitrice.

Le photographe bondit. Il prit l'appareil qu'il avait autour du cou, mais le lâcha, sans s'en rendre compte. Les yeux ardents comme ceux d'un possédé, avec une légèreté dans le geste, il dévissait inconsciemment l'autre appareil fixé sur le tripode en acier chromé. Dans un état d'absence hypnoïde, sous l'impulsion du désir s'abîmant dans la pulsion, il s'approcha du modèle, comme s'il venait vers *nous*, seuls témoins de la scène imaginaire sans même le savoir et en train de fantasmer, via ces quelques mots hallucinogènes, le photographe en contre-plongée totale, le visage simiesque masqué par l'appareil photographique traversé du noir et dont l'axe optique de l'objectif *nous* pénétrait de part en part. Approche de l'œil de verre froid. Anatomie artistique. Déclics obsédants de l'obturateur, répétitifs comme une ritournelle sans fin, mais rassurante. Les flashs blanchissaient les murs de velours noir comme des traînées couleur de lune.

Le photographe d'art s'arrêta sur une ultime rétention. Épuisé comme après un effort physique soutenu, il se redressa, *nous* tourna le dos, et s'avança vers le tripode d'acier chromé. Le souffle court, animal obscur triste et las, structure carnée de désir défoulé, il marmonnait que cette session de prises de vues était hélas terminée. Qu'il aimerait bien, cependant, en recommencer une, car…??? Il se retourna brutalement !!! Sidération et noir-lumière ! Ses yeux aux cernes sombres étaient tout exorbités de terreur ! En état de choc, le photographe d'art rabaissa instantanément son regard vers l'appareil photographique tapi au creux de ses mains affolées de tension sexuelle. Dans l'objectif globuleux palpitait un lent fondu au noir, un noir profond, absolu, illimité, sens dessus dessous, noir de l'interne percé d'un éclat rouge sang.

Noir écran.
Page noire.

Grand noir au-dedans de nous, où résonnaient sept coups de fouet sur un arrière-fond de cordes pincées, glissando mélodieux nous mettant *en situation de ténèbres…*

ANNEXES

D'après *« La Symphonie Des Fantasmes »*, un film écrit et mis en scène par Pierre Chauvris, avec Christine Garnier (le modèle) et Laurent Gamelon (le photographe d'art).

Film tourné le 19 décembre 1981 au "Conservatoire Libre Du Cinéma Français", à Paris. Tournage inachevé. Plans manquants montés avec des cartons noirs. Film perdu parmi les archives du "Conservatoire Libre Du Cinéma Français"… Merci cependant à Jean Serres de l'avoir montré, avant qu'il ne fût perdu, à un groupe d'élèves, dont Anne-Karine Stocchetti qui nous en avait fait un compte-rendu interprétatif très enthousiaste, et sur lequel repose en partie ce petit projet d'objet littéraire.

Fiche technique du film :

16mm/noir et blanc/double-bande/durée : environ 4 minutes.
Directeur de la photographie : Claude Favier
Chef opérateur son : Gérard Teihan
Scripte : Isabelle Boué
Chef machiniste : Fred Braun
Machiniste : Didier Faure
Chef électricien : André Langlois
Électricien/Clapman : Féty
Assistant décorateur : Bernard Laurendeau
Assistant son : Serge Putzetz
Assistant caméra : Philippe
Photographe de plateau : Abdo
Musique : *Sinfonie* de Krzysztof Penderecki

© Solange Léo

© Solange Léo

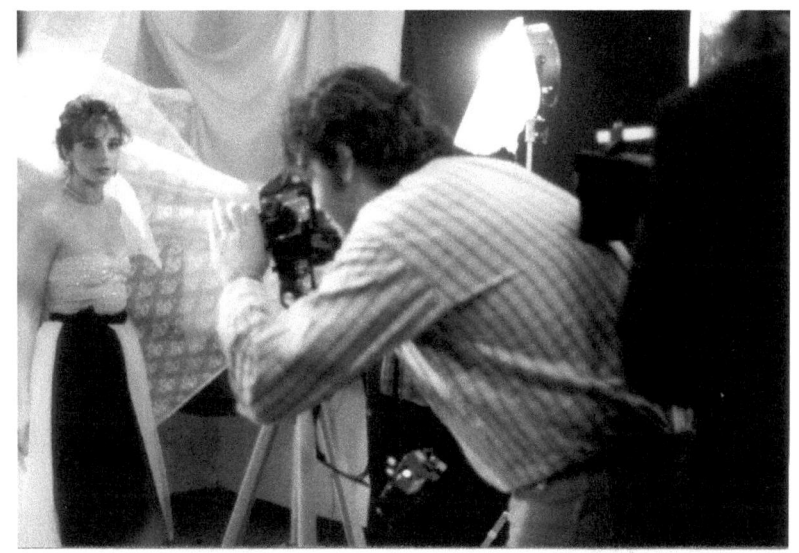

© Solange Léo

© Solange Léo

© Solange Léo

© Solange Léo

© Solange Léo

© Solange Léo

C. L. C. F.
16, Rue du Delta
75009 PARIS
874-65-94

RAPPORT IMAGE

Rapport N° 65
Date : 19/12/81
Remis au labo le

TITRE : LA SYMPHONIE DES FANTASMES
RÉALISATEUR : Pierre CHAUVAIS
DIRECTEUR PHOTO : Claude FAVIET
PELLICULE : N/B

Information école : CLCF
Équipe N° 8
Scripte : L. BOVE

N. et B. — Couleurs

Bobine N° : 5		Magasin : A				Métrage de la bobine : 91	
Plan	Prise	Métrage début	Métrage fin	Métrage Total	A tirer	Muet Sonore	Observations
7 5	1	91	89	2			
	2	89	88	1		S	
	3	88	83	5		S	
	④	83	78	5	5	S	
	⑤	78	69	9	9	S	
7 bis	1	69	68	1		S	
	2	68	63	5		S	
	3	63	43	20		S	
	④	43	27	16	16	S	
2	1	27	22	5		S	
	2	22	21	1		S	
	3	21	20	1		S	
	4	20	11	9		S	
	5	11	2	9		S	

C. L. C. F.

16, Rue du Delta
75009 PARIS
874-65-94

Rapport N° 66
Date : 15/12/8
Remis au labo le

RAPPORT IMAGE

TITRE : "LA SYMPHONIE DES FANTASMES"
RÉALISATEUR : Pierre CHAUVRAS
DIRECTEUR PHOTO : Claude FAULT
PELLICULE : N/B

Information École : CLCF
Équipe N° 8
Scripte : L BOUÉ

N. et B. — Couleurs

Bobine N° : 6		Magasin : A				Métrage de la bobine : 115	
Plan	Prise	Métrage début	Métrage fin	Métrage Total	A tirer	Muet Sonore	Observations
1	6	115	113	2			
5	7	113	100	10			
	8	100	83	17	17		

C. L. C. F.
16, Rue du Delta
75009 PARIS
874-65-94

RAPPORT SON

Rapport N°: 33
Date: 18.12.8?

TITRE : Symphonie
REALISATEUR : Pierre Jousnin
CHEF OPERATEUR SON : Jean Teihay

Magnétophone : NAGRA IV
Vitesse enregist. : 19 cm.s
Vitesse prise de vue : 25 images/s
Bobine 6,25 N° : enul et 3

Plan	Prise	Observations	Plan	Prise	Observations
Son seul	fromage sujet CHUTE		2	2	
				(3)	
1 uor fois	Symphonie -				
	Boite n° 3 -				
1	1				
	2				
	3				
	(4)				
	(5)				
1bis	1				
	2				
	3				
	(4)				
2	1				
	2				
	3				
	4				
	5				
	6				

LA SYMPHONIE DES FANTASMES

Découpage.

STUDIO DU PHOTOGRAPHE/INTERIEUR. EFFET SOIR.

1 Gros plan sur un dessin représentant un couteau qui brule dans l'eau. Puis TRAV. arrière lent, nous faisant découvrir progréssivement le reste du dessin, puis du décor, jusqu'à ce qu'on s'aperçoive qu'il s'agit d'un studio photo. Lorsque le TRAV. se sera arrêté, il y aura droite image, et en premier plan, l'appareil photo sur son pied. En second plan droite image (bord du cadre), on aura un parapluie allumé. PAN. horizontal droite-gauche combiné avec PAN. vertical bas-haut s'arrêtant sur le photographe en plan rapproché poitrine (contre-plongée). Ces deux PAN. ne devront pas être "trop rapide". Le photographe parle dans de grands gestes:

MUSIQUE:
" Symphonie "
K. PENDERECKI.
(Face n° I)

La musique sera shuntée progré--ssivement au début du PAN. n°I.

LE PHOTOGRAPHE:
" ... Tu comprends bien que voir les choses, cela ne suffit pas. Ca ne sert à rien. On doit faire procés à ce qu'on voit, aller derrière l'évidence. Je ne sais pas si tu vois vraiment ce que je veux dire, mais il faut briser l'illusion-réaliste.....

2. Contre champ. Plan rapproché (poitrine), sur le photographe qui sera droite image et de dos. Dans le fond on a la femme qui se maquille.

... et s'occuper de l'illusion surréaliste. Je veux que les gens, quand il verront mes photos, s'interrogent...

LA FEMME:
En même temps que le photographe.
" Ca te va comme ça ?

Aprés la réplique de la femme, TRAV. semi-circula jusqu'à ce qu'on ait le photographe de 3/4 de face.

LE PHOTOGRAPHE:
Continuant sur son idée.
" ...qu'ils réagissent... Qu'ils... Hein? Ah!... Bien sur que ça va mon petit...

Tout en disant cela, le photographe s'avance vers elle. TRAV. arrière accompagnant le photographe:

...Ah... Remarque... Je crois qu'un rouge à lèvre plus foncé serait mieux. Attends, je vais chercher ça...

PAN. droite-gauche suivant le photographe qui sort de la pièce, mais le PAN. continue et s'arrete sur la femme en plan rapproché poitrine. La femme s'avance vers l'appareil photo.

Musique qui arrive progréssive--ment. La
" Symphonie " PENDERECKI.
(face n°I)

TRAV. arrière jusqu'à ce que l'on ait l'appareil gauche image, et la femme droite image, cadrée taille. Elle regarde le décor, oeil nu, puis par le biais de l'appareil, et, ainsi 2 fois.
3. Plan fixe rapproché du décor, simulant le viseur de l'appareil. Un cache serait souhaitable

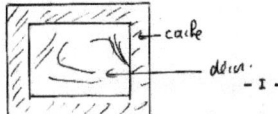

- I -

4. Même cadrage que le 2. La femme continue de regarder le decor oeil nu. Puis elle ramène son regard vers le viseur, mais, à peine y est elle arrivé, qu'elle a un mouvement de recul. Puis, là elle regarde.
5. Même cadrage que le 3, mais là, en plus, il y a la femme morte, dans le decor.
6. Plan rapproché poitrine sur la femme qui est affolée. Elle part en reculant, jusqu'à qu'elle soit arrêtée par le mur, noir, sur lequel se trouvent des images étranges. La caméra suivra la femme dans son trajet. Elle sera tenue à la MAIN. Il FAUT qu'on sente un déséquilibre.

6bis. Insert. Plan rapproché, caméra tenue à la main, sur l'appareil photo qui sera gauche image. Rien sur la droite. Plan qui doit être désiquilibré
7. Plan rapproché taille sur le photographe qui entre en trombe:

TRAV. arrière qui l'accompagne, s'arretant dés que l'on aura le photographe prés de l'appareil sur la droite image, et, la femme contre le mur sur la gauche image.

Le photographe met une pellicule dans l'appareil. La femme commence à avancer. A ce moment TRAV. circulaire commence gardant le photographe dans le cadre, ainsi que la femme, et, progréssivement le photographe se retrouve gauche image, et disparait la caméra continue d'avancer vers la femme et s'arrete en plan rapproché poitrine sur elle. Elle fixe le photographe. Elle veut comme lui dire quelque chose. Au moment où le photographe dit:

on a un PAN. ,assez rapide, droite-gauche s'arretant sur le photographe en plan rapproché taille. Puis TRAV. gauche-droite, semi-circulaire, se remettant comme parallèle au photographe, en plan rapproché taille. Celui ci à finit de recharger son appareil. Il fait le point. Puis il prend sa cellule, et va vers la femme. TRAV. latéral droite gauche. Puis, quand il retourne vers son appareil TRAV; latéral gauche-droite. Le photographe prend ses photos...

TRAV. semi-circulaire commence... La caméra va se placer devant l'appareil. Mais toujours la même valeur de plan pour le photographe.

Pendant ce temps TRAV. arrière jusqu'à la limite du possible.

La musique commence à disparaître progressivement.

Il ne devra plus y avoir de musique au milieu du plan 6bis.

LE PHOTOGRAPHE:
" C'est le vrai bordel la dedans... On ne trouve pas ce qu'on veut...

LE PHOTOGRAPHE:
" ... Qu'est ce que tu as... Vas dans le décor... On commence...

LE PHOTOGRAPHE: OFF.
" Mais qu'est ce que tu as... Vas-y... Installe toi... Merde alors!!!

LE PHOTOGRAPHE:
Tout en prenant des photos.
" Vas-y! Bouge!... Qu'est ce que tu attends...

Le déclic de l'appareil s'amplifie.
(Sous réserves.)
LE PHOTOGRAPHE:
" Vas-y!... Ouais... Ouuuuaaaiiis.... Voilààààààà... C'est çà... C'est pas ce que j'avais prévue... Mais c'est pas mal...

LE PHOTOGRAPHE:
" Génial... Super...

- 2 -

Il bondit... Prend l'appareil qu'il a en bandouli-ère, mais, le lache, et prend l'autre (celui qui est sur le pied). Puis, il vient vers nous. PAN. de bas en haut pour l'avoir en gros plan et contre plongée. Il prend des photos. Puis, une fois cela terminé, il se lève comme pour retourner d'où il vient en disant:

Il se retourne d'un coup vers nous, les yeux exorbités...

8. Plan d'ensemble du studio. On voit le photographe qui s'approche de la femme, la touche. Elle tombe. Affolé le photographe part droite image A ce moment TRAV. avant rapide s'arretant sur le dessin (le couteau du début) . PAN. verticale de bas en haut, nous faisant découvrir un appareil photo dessiné, où convergent les fuyantes du dessin principal.

LE PHOTOGRAPHE:
" Bon ça vas... Tu peux... (il regarde ses deux appareils d'un air inquiet)... te changer...On...Va...Reco...

MUSIQUE arrive cut.
    " Symphonie "
         K. PENDERECKI.
              (face n°I).

LE DECOR:
    Le décor dessiné sera fait sur une feuille blanche au feutre noir etc...
    Les murs du studio seront noirs.
Des dessins sur feuille blanche y seront accrochés.

COSTUMES:
    Les personnages auront des vêtements clairs.

LE SON:
    La musique: Assez agréssive....
    Le direct: Son clair. Pas trés fort.

LA LUMIERE:
    Eclairage indirecte. Le decor dessiné devra être bien éclairé. Le reste baigne dans la pénombre. Image bien contrastée: Les clairs devront être clairs et les noirs noirs. Pas d' harmonie.

- 3 -

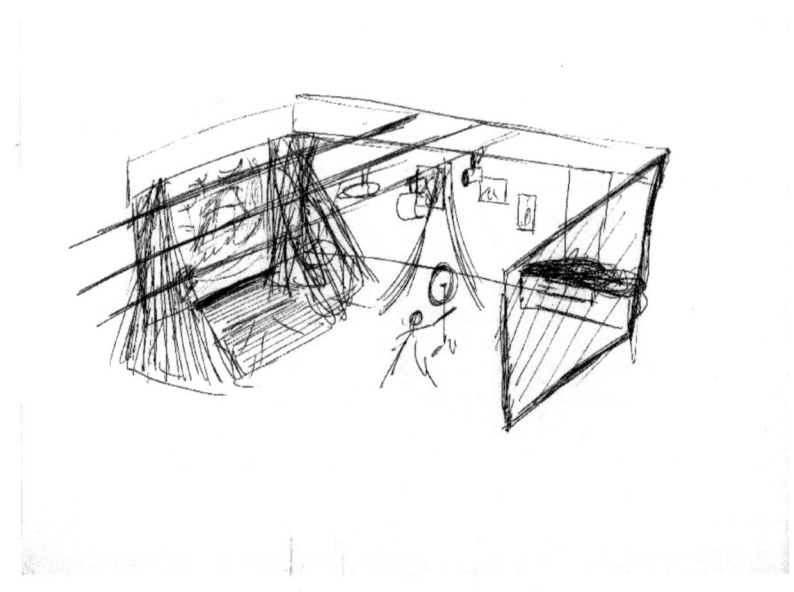

© Solange Léo

SOURCES

Bibliographie :

Annie Mollard-Desfour, Le Noir, CNRS Éditions, 2010

Discographie :

Krzysztof Penderecki, Sinfonie, 1973, disque EMI

DU MÊME AUTEUR

La concordance des temps, prix de la nouvelle, Mairie du 20ième arrondissement de Paris, 2002.
L'énergie des esprits animaux, Books on Demands, 2016.
The Western Eyes, Books on Demands, 2019.

Version définitive revue et corrigée par l'auteur.
Tous droits de traduction, de reproduction et d'adaptation réservés pour tous les pays.
© Pierre Chauvris – 2021
Édition : BoD – Books on Demand,
12/14 rond-point des Champs-Élysées,
75008 Paris, France.

Impression: BoD - Books on Demand,
Norderstedt, Allemagne
ISBN:978-2-322-40122-2
Dépôt légal: novembre 2021